Los músicos de Bremen

4ª edición 2019
Traducción: Nieves Pérez-Torres
Roberta Menéndez Fontenla

Según el cuento de los hermanos Grimm

Hohenlohestraße 21 – 28209 Bremen
Tel. +49-421-34843-0 – Fax +49-421-348094
info@edition-temmen.de – www.edition-temmen.de

ISBN 978-3-8378-7022-0

Printed in the EU

Los músicos de Bremen

Ilustrado y vivamente narrado

por

JANOSCH

Edition Temmen

JANUAR

Érase una vez un molinero y un burro,
que vivían juntos en un molino.

El burro llevaba los sacos de trigo desde
la estación de tren hasta el molino.
El molinero molía los granos
y el burro llevaba los sacos con
la harina del molino de nuevo a
la estación de tren.

Así pasaban los días, y el burro hacía siempre su trabajo sin rechistar.

Cuando el burro se hizo viejo y trasladaba las cargas ya a base de mucho esfuerzo, el molinero le dijo:
—¡Búscate otro lugar, viejo transportador de sacos, ya no te necesito para nada!— y le echó sin más.

Al burro le gustó la idea y se fue a Bremen, pues a Bremen siempre había querido ir para hacerse músico.
Así, el burro se puso en camino tan feliz y contento, bailoteando rumbo a Bremen.

BREMEN
92

Ya quedaba poco para llegar a Bremen y el burro iba dejando atrás, todo lo que se encontraba en su camino.

No muy lejos de un río había un perro que se lamentaba y lloraba silenciosamente.

—¿Por qué lloras, pobre animal? ¿Acaso la vida no te resulta divertida?

—¡Buá! ¿Cómo va a ser divertida? Soy viejo y ya no puedo cazar conejos, así que mi dueño me ha echado de casa.

—¡Mira!— exclamó el burro, —tu voz me parece muy musical. ¡Vente conmigo a Bremen y formemos un grupo juntos!

Al perro le pareció estupendo, porque, de hecho,
amaba la música por encima de todo,
en especial el saxofón.
¡Cuántas veces en las noches solitarias había
tocado el perro su saxofón
a la luz de la luna llena!

Así que se fue con el burro a Bremen.
Debajo el burro y encima el perro.
Al poco apareció un gato tumbado
en medio del camino. No tenía
buena cara.

—¿Qué te pasa, viejo gato? Parece que hubieras pasado cien días bajo la lluvia ¡Pobre animalito! ¿Qué te ha ocurrido?
—Como ya no traigo ratones a casa— sollozó el gato, —mi mujer me ha echado.
—Vaya— dijo el burro, —¡pasa de tu mujer y vente con nosotros a Bremen! ¡Vamos a montar un grupo de música allí! Tú sabes cantar, ¿no?
—¡Sí, claro! ¡Como un canario, siempre cuando la luna aparece en el cielo!—dijo el gato y empezó a maullar.
—¿Ves?— dijo el burro.
—¡Suena como Brahms tocando violín! Los de Bremen son gente de buen corazón, ellos nos recompensarán copiosamente.
Así que el gato se fue con ellos a Bremen.

Entonces, allí sentado en una columna junto al portón, encontraron al gallo Gustl Hannemann, que cacareaba tristemente.

—¡Mira!—dijo el burro, —si te va mal, vente con nosotros a Bremen.

Nosotros somos músicos. Tú sólo tienes que gritar como una sierra. ¡Eso les encanta a los jóvenes!
Así que el gallo se marchó también con ellos a Bremen. En total eran cuatro: el burro, el perro, el gato y, por encima revoloteando, el gallo.

Noch
9

Poco a poco se fue haciendo de noche y tuvieron que buscarse un lugar para dormir. El burro y el perro se quedaron debajo de un árbol, el gato trepó a las ramas y el gallo Hannemann voló hasta la copa, y cacareó:
—¡Subid aquí arriba chicos y chicas, a lo lejos veo una luz! ¡Podría ser un refugio!

El burro trepó hasta la copa, el gallo se tumbó encima del suave gato, porque estaba agotado, y el perro ladró hacía lo alto:
—¿Qué ves, burro?

—¡Una casa!— rebuznó el burro, —seguro que es un albergue, donde quizás haya una cama calentita para cada uno.

—¡Entonces vayamos para allá!— ladró el perro, y se pusieron en camino, aunque fuera de noche. Al cabo de un rato llegaron a la casa, pero resultó que no era un albergue, sino una guarida de ladrones.
Las ventanas brillaban intensamente, como en Navidad, y en el interior los ladrones hacían ruido.

El burro miró por la ventana y el gato preguntó:
—¿Qué ves, viejo burro? ¡Dime!

WO
Eule

—Una mesa abundante con los mejores platos del mundo— rebuznó el burro —y ... algunos ladrones.—

y bajó de la pequeña escalera.
—¡Esto nos vendría de perlas!— dijo el perro.
—¿Hay también algún trozo de salchicha?

Empezaron a pensar como
podrían echar a los ladrones.
El osado gallo dijo:
—¡Asaltaremos la casa como la
caballería
y nos haremos con ella!

Así lo hicieron.
Treparon al alféizar,
y con un tremendo
estruendo, saltaron por
la ventana al interior
de la guarida.

¡Y los ladrones salieron corriendo como alma que lleva el diablo!

KÜMME
+
KORN

NUDELN
GOLD

Una vez que los ladrones
se habían ido, los cuatro
amigos se deleitaron con los
manjares y comieron hasta
reventar.

Después del banquete,
se buscaron un buen sitio
para dormir y apagaron
la luz.

3 x meh
als wie
Tausend
JA
FRIDA
GUTEN MORGEN
LIEBER TAG.

Cuando los ladrones vieron desde la lejanía
que la casa estaba a oscuras, el jefe dijo:
—¡No deberíamos habernos dejado espantar
así, como pájaros! ¡Ve y observa la situación,
ladrón Gregor!
Entonces el ladrón Gregor volvió
sigilosamente a la casa.

WERNER
BREMEN

Al ladrón le pareció, que todo estaba en calma, sólo había dos chispas ardiendo en el fogón. Pero cuando se acercó para encender una cerilla… eran los ojos chispeantes del gato, que se le tiró a la cara como si se tratara del mismísimo Lucifer.

El ladrón quiso salir corriendo de la casa, pero al pasar por el sofá, resultó que allí estaba tumbado el perro, quien le pegó un mordisco en la pantorrilla como si esta fuera una salchicha, y el ladrón salió pitando por la puerta …

Primero se tropezó con un rastrillo, después el burro le propició una coz en el trasero, el gallo le gritó desde el tejado »quiquiriquí«

y el ladrón Gregor corrió como un conejillo
de regreso con sus compañeros. Una vez
allí, informó a su jefe:
—En la cocina había un dragón

que me arañó la cara con sus garras tan fuertemente, que salieron chispas. En el sofá dormía una inmensa gaita

que me chilló y me pegó con sus tenazas en las pantorrillas. Y lo que pasó después no puedo ni describirlo. ¡Ha sido tan horrible!

Entonces los ladrones abandonaron la región.

A los músicos les gustó tanto la casa, que se quedaron a vivir en ella.
Sólo cuando necesitaban un poco de dinero, iban a Bremen a tocar en la plaza del mercado.
Como a 7 km en línea recta.
¡Está bien!
¡Es aceptable!, ¿no?